AF582341

R'EPONSE
A LA
SATIRE X.
DU SIEUR D***

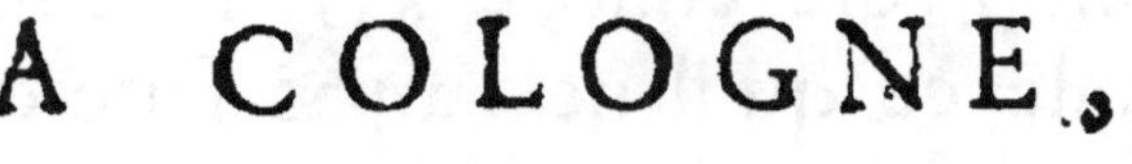

A COLOGNE,

M. DC. XCIV.

PREFACE.

ENFIN la Satire X. du Sieur D***, attenduë depuis si long-temps, vient de paroître. Il ne doit pas trouver étrange de voir son Nom dans mes Vers, puis qu'il a mis le mien tout au long dans les siens, & comme il a la bonté de laisser au public la liberté de juger de son Ouvrage, je m'en serviray, s'il luy plaist, pour luy marquer les fautes que ce même public y trouve, malgré la prevention qu'il a du contraire. Il tâche de nous insinuer l'éloge de ses amis, pour garands de la beauté de sa Satire ; mais il ne songe pas qu'il donne par là une tres-mediocre idée de leur goust, & que sa Préface est une Satire en Prose contr'eux ; ils sont bien-heureux de ce qu'il ne l'a pas faite en Vers, car ils auroient infailliblement trouvé leurs Noms au bout de ses rimes. Ce Chef-d'œuvre prétendu n'est pas pourtant si admirable qu'il le croit, & cet Ours léché depuis si long-temps ne laisse pas d'être encor tres-difforme. Toute la Cour,

& tout Paris, luy ont rendu assez de justice, en le mettant fort au dessous de ses autres Satires. On s'aperçoit aisément qu'il est bien baissé dans celle-cy, & l'on sent bien, que ce qu'il y a de vif & de brillant a été fait il y a long-temps ; tous les gens de bon goût demeurent d'acord, qu'il n'a point touché aux caracteres des Femmes de la Cour, dont les manieres luy sont inconnuës, & qu'il n'a dépeint tout au plus que celles de la Ruë S. Denis, ou de la Place-Maubert. J'ay tâché de suivre pied à pied son Ouvrage, quoique j'y aye laissé passer plusieurs fautes que l'on y pouroit critiquer avec justice, mais cela auroit demandé une trop longue critique. J'avouë que j'ay été contraint de la presenter, pour servir de réponse à sa Satire, que l'on commence déja à oublier. Le Lecteur excusera donc, s'il luy plaist, s'il rencontre icy quelques Vers qui pouroient estre plus travaillez & plus polis, mais qu'il considere que c'est un travail de quelques jours qui répond à un Ouvrage de quinze années. On a bien ri du compliment qu'il fait aux Dames à la fin de sa Preface, fondant tout le succés de sa Satire sur leur curiosité & leur aprobation ; en verité tout le beau Sexe luy doit un remerciment en Corps, d'en avoir fait de si beaux portraits, & cela meriteroit mesme un remerciment dans les formes. Je finis de peur d'ennuyer le Lecteur, c'est à luy de juger de la critique que je luy donne, de l'aprouver si elle est juste, ou de la condamner, si j'ay tort.

Au reste j'espere donner au public dans peu les nouvelles remarques que j'ay faites il y a quelques années, sur tous les Ouvrages du Sieur D***, avec ma premiere Epître en Vers, que peu de gens ont veuë : on y a glissé tant de fautes que je me trouve obligé d'en donner une Edition plus corecte, & plus ample, où je joindray cette réponse à sa X. Satire.

RE'PONSE A LA SATIRE X. DU SIEUR D***

UOY? l'on te voit encor les armes à la main,
Implacable ennemi de tout le genre humain,
Et pour ne rien laisser d'épargné sur la Terre,
Au beau Sexe aujourd'hui tu déclares la guerre,
Mais une guerre injuste, & d'un stile inégal
Tu pretens copier (singe de Juvenal)
En attirant sur toy mille nouvelles haines,
Les Dames de Paris sur les Dames Romaines,
Et sans rien respecter, ni vertu, ni pudeur,
Des plus charmans objets tu veux nous faire horreur.

Il est vray que privé des dons de la nature,

Le Ciel ne te forma que pour leur faire injure;
Toûjours mélancholique, ou toûjours furieux,
Tu n'as jamais senti les traits de deux beaux yeux,
Qui malgré ton humeur & farouche & sauvage
Auroient de tes écrits adouci le langage.

Aprens que le beau Sexe en méprisant tes traits;
Ne se reconnoist point dans tes galants portraits;
Tu suis mal ta Préface humble avec arrogance,
Avançant plusieurs mots dont la pudeur s'offense,
Et son stile Cynique aux Dames inconnu,
Ne seroit pas admis mesme chez la Cornu,
Dont le nom doit blesser les moins chastes oreilles
Et qui seul fait rougir jusques à ses pareilles.

Mais voyons ta Satire, icy je méconnois
Tes Vers qui sont du goust & du stile bourgeois
Ta Muse à chaque pas ou trebuche, ou chancelle,
On ne t'y reconnoist que par quelque étincelle,
Dans ces restes de feu ton esprit s'afoiblit,
On sent bien qu'il décline enfin & qu'il vieillit.

Et tu t'es écarté dans l'ardeur de la rime,
Du bon sens, & du vray, du grand & du sublime.
Que veux dire aprés tout ce burlesque jargon,
Ces quolibets bourgeois petit Cœur, *ou* mon Bon;
Dignes expressions d'une bourgeoise habile,
Qui pour rendre un mary plus doux & plus facile,
Tachant de l'endormir adroitement se sert,
De ces mots usitez dans la Place-Maubert.
Non, ce ne fust jamais le stile des ruelles,
D'un langage plus noble on fait parler les belles.
Dans le monde poli l'on s'exprime autrement,
Mais enfin c'en est trop pour deux mots seulement.

Passons outre, & voyons ta temeraire audace:
Aux femmes dans Paris, tu pretens faire grace,
Il en est jusqu'à trois, *si tu sçais bien compter,*
Dont la fidelité se peut par toy citer;
Et qu'a donc fait le reste à ta plume infernalle?
Noir exterminateur de la foy conjugale;
As-tu dans ton jeune âge éprouvé dans Paris,
Ornant souvent de bois la teste des maris,
S'il estoit bien aisé de corrompre les Femmes?
As-tu sçeu profiter du foible de leurs ames?

Est-ce par tes exploits que tu prouves ... croy moy,
Si les autres mortels estoient faits comme toy,
Bien loin de décrier des belles les foiblesses,
Tu ne pourrois citer que de chastes Lucresses.

Mais quel est ton dessein ? qu'as-tu pris pour objet,
De renverser nos Loix ? ô le rare projet !
Contre le genre humain quel injuste caprice,
Répons ? que pretens-tu ? que le monde finisse ?
Examinons un peu ce projet insensé,
Dont l'un & l'autre Sexe est enfin offensé,
Ce beau dessein n'est pas tel que tu l'imagines,
Il attaque les Loix Humaines & Divines,
En condamnant l'Hymen avec malignité,
Il détruit les doux nœuds de la societé ;
Tu n'as jamais connu le but de la Satire,
En attaquant nos moeurs elle doit nous instruire ;
Il n'est point de mortel qui fust assez hardi,
A moins que d'estre né temeraire, étourdi,
Qui voyant les crayons de ta Muse éfrenée,
Osast subir le joug de l'afreux Hymenée,
Tel tu nous le dépeins ! c'est ton intention,
Qui choque la nature & la Religion,
Ta plume à toutes deux également fatalle,
Blesse la Politique autant que la Morale,
Puisqu'elle peut ravir par ses hideux portraits,
A Dieu bien des Elûs, aux Roix bien des sujets.

Tu fais sur l'Opera des notes curieuses,
Mais tes réflexions sont trop luxurieuses,
Tu repans ton venin sur d'agreables sons,
Et veux empoisonner jusques à nos Chansons,
En des termes trop forts ta Satire s'explique,
Et ces mots insolents de Morale lubrique,
Font voir que Despreaux avec ses beaux talens,
Est bien plus insensé que ne sont les Rolands;
Une Femme toûjours court elle au precipice?
Ne peut-elle marcher sans que le pied luy glisse?
Non? & pour achever ton burlesque Roman,
Tu cites à propos & Venus, *&* Sathan,
Et comparant alors ta Bourgeoise Heroïne,
Aux Phrynez, aux Lais, & même à Messaline,
Tu la fais d'un plein saut, à son bonheur fatal,
Courir chez la Cornu, *sortant de Port-Royal.*

Mais passons: & pourquoy faire une longue histoire,
De ce noir Magistrat de hydeuse memoire,
Cette belle epithete aux siecles avenir,
En doit laisser du moins un hideux souvenir.
Là ta Muse s'égaye & se donne carriere,
Et comme elle s'écarte en tout de sa matiere,
On voit que ton esprit tâche d'étudier,
Tous ces trop longs portraits que tu vas mandier,

Tu hazardes des mots, & tu fais sans scrupule
S'envoler *au marché les chevaux & la mule;*
La fin de ton histoire & sa conclusion
Couronne l'Opera de ta disgression,
De tes Vers enjambez la morale ennuyeuse,
Est au goust des Lecteurs chose peu curieuse.
A la fin un beau jour *est plein de pauvreté,*
Ce Vers, de ton esprit sent la sterilité,
De termes bas sur tout cette page est remplie,
Et le Lecteur lassé s'endort, bâille, ou s'ennuye;
Mais aprés avoir peint avec des traits afreux,
Ce Magistrat: dis-moy? n'a-il point de neveux?
Et ne t'est-il jamais venu dans la pensée
De craindre avec raison sa famille offensée?
Moins tué des voleurs que par toy massacré,
N'a-t-il point de parent au centiéme degré,
Qui pour recompenser cette histoire tragique,
Ne donne à tes depens quelque scene comique.
Nôtre siecle en fournit cent exemples divers,
Il est des Dieux vangeurs des satyriques Vers.
Tu le sçais. Poursuivons; il faut que je te louë
De vouloir devenir singe de Bourdalouë,
Tu vas donc nous prêcher; mais que tes entretiens
Ainsi que tes Sermons sont differens des siens?
Contre le vice seul son eloquence tonne.
Il attaque le crime & non pas la personne,

Despreaux

Des(preaux au contraire avec un esprit faux
N'attaque que les noms & jamais les defauts;
Mais il faut rapeller si j'ay bonne memoire,
A propos pour t'instruire une plaisante histoire.
Un certain Directeur un peu trop curieux,
Qui d'une Penitente aperceût les doux yeux,
Luy demanda son nom en sortant de Confesse,
La bèlle avec esprit & pleine de sagesse,
Répondit que son nom n'estoit pas un peché,
Que devint le Cagot? il fust fort empesché,
Et honteux de ce trait qui sçût trop le confondre;
Il lui tourna le dos sans pouvoir luy répondre;
Profite de l'exemple, & tu dois t'appliquer
Ce mot ingenieux qu'on te fait remarquer.

Aprenti tout au plus du celebre Moliere
Tu devois copier son noble caractere,
Sans jetter sur les Noms le scandale & l'effroy,
Il a fait des portraits avant toy, mieux que toy:
Oüy, par des traits nouveaux, ses Satires heureuses
Ont peint petits Marquis, Coquette, Precieuse,
Poëte & Bourgeois, Faux-Devots, Faux-Sçavans,

Fausse-Prude, sur tout Medecins ignorans;
Là par des coups de maître où chacun se récrie,
Il s'est fait admirer dans sa Misanthropie
Et dans les traits naïfs d'un fidelle crayon,
Chacun se reconnoist sans rencontrer son nom;
Toy, bien loin d'imiter un si parfait modelle,
Au lieu de critiquer tu fais une querelle,
Sans chanter comme toy des injures aux gens.
Moliére a corrigé les vices de son temps:
Tu sçais mal ce métier, aussi pour récompense
Ta Muse s'aplaudit elle-même & s'ensense
Premier admirateur de tes charmans portraits,
Comme un superbe Paon qui se mire en ses traits
D'un pas grave tu fais incessamment la roüe.
Sans attendre un moment que ton Lecteur te loüe.

Mais pourroit-il te loüer sur un lit effronté
Cette douce Menade en parfaite santé,
Ce tournois de Bassette, & ce langage étrange
Qui nous veut asservir sous l'altiere fontange.
Où vas-tu donc chercher tant de bizares mots
Hazardez sans sujet, placez mal-à-propos
Mais c'est en dire assez: voyons la Précieuse.
Que tes Vers ennuyeux la rendent ennuyeuse,
Te ruant sur les Noms tu repetes cent fois

Ce que brutalement tu dis en cent endroits,
Le Lecteur fatigué de ces vaines redites;
Te souhaite à bon droit tout ce que tu merites,
Et si sur le theatre on lisoit tes écrits,
Souvent mille sifflets en deviendroient le prix,
Ou si l'on retranchoit les noms de ta Satire,
A plus de la moitié l'on pourroit la reduire.

Poursuivons : ce n'est pas une aprentie Autheur
Que tu mets sur les rangs avec tant de hauteur,
Tu vantes ses ayeux, mais par quelle folie
La fais-tu maintenant Princesse d'Italie ?
Et tu l'en fais venir exprés, comme je voy,
Pour choisir un Epoux Secretaire du Roy;
Ce titre suffit-il ? ces Lettres de Noblesse
Peuvent-ils honorer l'hymen de ta Princesse ?
Est-ce pour maintenir & conserver son rang,
Ou pour mieux mettre au jour tout l'éclat de son sang
Ou veux-tu ? te servant des lances Espagnoles,
Nous trainer avec elle aux champs de Cerizoles.
Crois-tu nous ébloüir par ce pompeux fratras
Qu'on nomme en bon françois franc galimathias ?

Passons viste & voyons le portrait de ta
Sainte,
Et lorsque dans tes vers tu l'auras bien dépeinte,
Examinons un peu celuy du Directeur,
De tes rares Tableaux, c'est dis-tu, le meilleur,
Mais à tort : on y voit ta seicheresse extrême,
En cent lieux differens tu te pilles toy-même,
Tes * Moines t'ont fourny ce beau teint si vanté
Tes * Chonoines vermeils cette fleur de santé,
Ce sont de ton Lutrin l'importune redite,
Qui de tes Vers nouveaux devroit estre proscrite ;
Tu mêle cependant du neuf dans ce tableau,
Un escadron coëffé sans doute est fort nouveau,
Qui court au grand galop par un soin salutaire
Pour chauffer un boüillon... le reste il le faut taire,
Et dans la nouveauté du fin choix de tes mots,
On admire sur tout les estomachs devots
Qui devorent toûjours mets sucrez, secs, liquides,
Mais les faisant encor d'autres mets plus avides :

* Dans son Lutrin, le vermillon des Moines.
* L'embompoint des Chanoines, &c.

Du moins explique nous aidé de Lucifer,
Goûter en Paradis les plaisirs de l'Enfer.

Mais que veux dire encore ta Dame Brelandiere,
Qu'en termes si grossiers tu fais Cabaretiere ;
Avant tes pensions dans un état plus bas
Tu connoissois l'Auberge à dix sols par repas
Peut-estre qu'autrefois dans cette Auberge obscure
Attentif tu cherchois la rime & la mesure :
Là d'un vin à six sols devenu furieux,
Yvre, tu composois tes Vers injurieux,
*En termes * diffamans de l'encre la plus noire,*
Plus grossiers que le vin que tu venois de boire,
Mais souvent ta raison se perd avec ta voix,
Et ta Muse s'enyvre & s'endort quelquefois ;
Sans doute ce n'est pas en buvant de l'eau claire
Que tu peins une belle yvre d'un Mousquetaire,
Aujourd'huy qu'on te voit riche & voluptueux
Boire le pur nectar à la table des Dieux,
Trempe ton vin fumeux de l'eau de l'Hipocrene,
Mais tu suis le penchant où ta bile t'entraine,

* Fripon, sot, fat, faquin, &c.

Sa maligne fureur, mesme n'épargne pas
D'un Sexe reveré les innocens appas,
Quand pas une n'échape aux traits de ta Satire,
Tu fais grace aux vertus dont tu ne peux médire,
Dont l'éclat surprenant pour charmer l'Univers
N'attend pas le secours de tes frivoles Vers,
Et dans l'illustre Esther que tout le monde adore
Tu devois respecter un Sexe qu'elle honore;
Ce Sexe à qui les Dieux, & les plus fiers mortels,
Ont prodigué l'encens & dressé des Autels,
C'est à luy seul qu'on doit l'esprit, la politesse,
Le bon goust, l'air galant & la délicatesse.
Auprés de la beauté le plus grossier esprit
Pour plaire en peu de temps se lime & se polit;
L'honnête liberté que l'on permet en France,
Loin d'accroître le vice en bannit la licence,
Sans se servir icy comme en d'autres climats,
De grilles, de veroux, de clefs, de cadenats,
Qui ne font qu'enhardir souvent les plus timides,
L'honneur & la vertu servent icy de guides,
En vain ton acre humeur veut les empoisonner;

Là tous les Etrangers viennent se façonner,
Et la Cour, & Paris sont une Academie,
Ou la vertu se joint à la galanterie,
Et malgré de tes Vers la maligne noirceur
La bonne foy s'y trouve ainsi que la pudeur :
Ce n'est qu'à la beauté que nous devons ces flames,
Dont l'amour subtilise & rafine nos ames
Elle chasse des Cœurs un indolent repos
Et souvent de beaux yeux ont formé un heros.

Ainsi, pourquoy ta plume éfrontée & sauvage
Offence-t-elle un Sexe à qui tout rend hommage?
Pourquoy pour le noircir d'un stile injurieux
Quittes-tu tes emplois si grands, si serieux ?
Quand tu peins de Louis les hauts faits & la gloire
Tu devrois succomber sous le poids de l'histoire,
A la Cour transplanté trouve-tu le moyen
D'accorder le Poete avec l'Historien,
D'écrire dans tes Vers tant de vaines chimeres,
L'histoire d'un grand Roy ne t'occupes donc gueres ?
Les faits de ce Heros, ces exploits si fameux.

Que ta main doit graver pour nos derniers neveux,
Qu'avec tant d'art, de ſoin, elle devroit écrire
Te laiſſent-ils le temps de mordre & de médire ;
Mais tu peux badiner, le nom d'un ſi grand Roy
Pour ſe rendre immortel n'a pas beſoin de toy.
Que ne ſuis-tu les pas du modeſte R***
Que le Ciel aujourd'huy favoriſe illumine,
Qui laiſſant le Theatre a voulu dédaigner
Tant de riches talens qui luy firent gagner,
Tous ces biens, qu'on acquiert rarement par la rime ;
Et qui l'ont fait atteindre au ſolide ſublime,
Plein des dons de la Cour ſur le point de vieillir
Il mépriſe un métier qui vient de l'annoblir,
Et deteſtant ſes Vers trop remplis de tendreſſe,
Les prend pour des pechez commis dans ſa jeuneſſe.

Dans la poudre du Greffe encore enſeveli,
Comme luy tu pourrois être un jour annobli,
Et quittant le Bourgeois de ta race vulgaire
D'un Petit Noble encor tu pourrois être Pere,
Si d'un Eſprit plus doux tu voulois renoncer,

A ces traits dont la Cour commence à se lasser,
C'est le meilleur party renonce à la Satire,
*Quand on se sent * baisser on ne doit plus écrire,*
Mais tu voudras rimer jusque dans le tombeau,
Et comme un vieux Renard tu mouras dans ta peau.

* Solve senescentem mature sanus equum, ne Peccet ad extremum ridendus & ilia ducat.

FIN.

www.ingramcontent.com/pod-product-compliance
Lightning Source LLC
LaVergne TN
LVHW050512160826
845677LV00003B/1079

* 9 7 8 2 3 2 9 6 4 0 5 8 7 *